S

Hana
COLLECTION

sick

Tomo kurahashi

711
SALLE DE RECHERCHES
Département sciences naturelles
FRUTSCH
SCHRIC....
SCHRIC...?
FLAP
FLAP

!
TADAM
DES BONBONS..?
HAA
ENCORE LUI...
Resume 1

TAP
カッ
TAP
カッ
TAP...
カッ
OK... OUI OUI, JE SAIS.
Il paraît que 80% des aspects de notre vie
sont décidés à l'instant de notre naissance.
OUI, JE ME RATTRAPERAI...
OK.
TAP
TAP
TAP
En ce qui me concerne, la mienne a plutôt bien commencé.
BLABLA.....
LA PROCHAINE FOIS.
Bye bye
BIP !
C'ÉTAIT UNE FILLE ?
OUAIS... LA FILLE DE LA FOIS DERNIÈRE, M-QUELQUE CHOSE...
ELLE EST SUPER COLLANTE...
C'est trop chiant !
T'as pas intérêt à me la piquer !
JE RÊVE ! COMMENT T'AS OBTENU SON NUMÉRO ?
Mes parents sont les directeurs d'une entreprise assez connue.

[*Gokon = RDV entre un groupe de filles et de garçons pour créer des rencontres]

BON, IL FAUT QUE J'Y AILLE, MOI...
AH BON ? T'AS ENCORE DES COURS AUJOURD'HUI ?
IL FAUT QUE JE PASSE PAR LA SALLE DE RECHERCHES.
HÉ HÉ
Fu Fu
AH, JE VOIS...
TU NE TE LASSES PAS, DIS DONC.
Sudô-kun, tu sèches les cours ?
Oublie-moi.
TCHAC !
ガチャ
Mais malgré tout, il y a une chose qui ne va pas comme je veux.

HMM
CLAC
CLAC
C'est lui.
POF
T'AS L'AIR DISTRAIT, KISHI.
FIXE...
SUDÔ...
FUIP
QU'EST-CE QUE TU VIENS FAIRE ICI ?
COMMENT ÇA ?

LE PROFESSEUR N'EST PAS LÀ, IL EST À UNE RÉUNION.
CLAC
CLAC
POURQUOI TU VIENS ICI SI TU N'AS RIEN À Y FAIRE ?
地学
SCIENCES NATURELLES
JE SUIS LÀ PARCE QUE...
À TON AVIS ?
AH !
JE SUIS LÀ PARCE QUE J'AVAIS ENVIE DE VOIR SA TÊTE.
TCHAC
NON, NON, N'IMPORTE QUOI !

QU'EST-CE QUE ÇA PEUT TE FAIRE ?
CRIIC
HUMPF
.....
QUOI ?
C'EST QUOI, ÇA ?
HUM...
C'EST BIZARRE.
JE NE SAIS PAS QUI A FAIT ÇA,
MAIS ON DIRAIT UN CADEAU.
REMPLI...
Bécher
JE LES AI TROUVÉS DANS LA POCHE DE MA BLOUSE TOUT À L'HEURE.
TU EN VEUX, SUDÔ ?

DANS LA POCHE DE TA BLOUSE ?
SI C'EST POUR ESSAYER DE T'AGACER, C'EST PLUTÔT INGÉNIEUX. JE ME DEMANDE QUI A PENSÉ À ÇA.
NYARK
VA SAVOIR.
JE N'AIME PAS LES CHOSES SUCRÉES, EN PLUS.
CLAC
Dis-le, que ça t'agace !
IL A L'AIR DE S'EN FICHER COMPLÈTE-MENT, COMME TOUJOURS...
ÇA M'ÉNERVE !
FLOUP

....!
Wham
PAF !!
どてっ
OUPS, DÉSOLÉ !
...C'EST PAS GRAVE.
FLOUP
......
GRRRR !!

RAAH, C'EST CHIANT !!
Le lendemain
Merde !
PFFFIT !!
IL CHANGE JAMAIS D'EX-PRESSION, CE MEC !
N'empêche...
DES BONBONS...
Hu Hu
Hu Hu
La ferme !!
Changer la taille de ses blouses...
4L
TOUT ÇA POUR L'AGACER...
ON DIRAIT UN ÉLÈVE DE PRIMAIRE !
Poser un vase et des fleurs sur son bureau
...!!
EN PLUS, IL T'IGNORE COMPLÈTE-MENT...
Bien joué, Kishi-kun !
Aaah... Trop drôle.
D'AILLEURS...
Il a deux ans de plus que nous, non ?
POURQUOI EST-CE QUE TU T'EN PRENDS À LUI TOUT LE TEMPS ?
....
PARCE QU'IL LUI RES-SEMBLE...

IL RESSEMBLE ÉNORMÉMENT À UNE FILLE QUI M'A LARGUÉ IL Y A LONGTEMPS.
HEIN ?
C'est la première fois que j'entends parler de ça...
UNE FILLE ??
ÇA DATE DE QUAND, CETTE HISTOIRE ?
....DE L'ÉCOLE PRIMAIRE...
P... PRI-MAIRE...??
Choqué
M... MAIS C'EST MINABLE...
J'arrive pas à y croire...
JE M'ATTENDAIS À UNE HISTOIRE INTÉRES-SANTE, MOI !
OUI, MAIS MOI, ÇA FAIT PARTIE DES PIRES SOUVENIRS DE MA VIE !!
Sudô-kun enfant
C'ÉTAIT MON PREMIER AMOUR, EN PLUS !
E... Euh...

Je... J'ai eu le coup de foudre pour toi !
Hein...?
Pardon, mais tu ne m'intéresses pas du tout...
Laisse-moi tranquille.
Quoi ??
De toute ma vie,
c'est la seule et unique fois que quelqu'un m'a repoussé.
C'est méchant ...
DOOOONG
DOOOOONG
TON PREMIER AMOUR, HEIN ?
AH, JE SAIS !
EN FAIT, KISHI-KUN A EXACTEMENT LE GENRE DE PHYSIQUE QUE TU AIMES BIEN !
Même s'il a un caractère de merde.
C'EST VRAI QU'IL EST MIGNON, FAUT BIEN L'AVOUER...
.....
.....

AH !
ATTENDS, SÉRIEUSE-MENT ?
BIEN SÛR QUE NON !! TU RÊVES !!
TU VAS VOIR, UN JOUR OU L'AUTRE, JE FINIRAI PAR RÉUSSIR !
PSCHHT
C'EST ÇA, J'ATTENDS TOUJOURS.
ENFIN, BON COURAGE ...
AIDE-MOI À TROUVER DES TRUCS POUR L'EMMERDER !
PAS ENVIE. AU FAIT, TON PORTABLE SONNE.
Hein ?
....

UNE SOIRÉE DE GROUPE...?
OUI, QUELQU'UN A ANNULÉ BRUSQUEMENT, ET ON MANQUE DE GENS.
JE... JE N'AIME PAS TROP CE GENRE DE SOIRÉES...
BAH, C'EST RIEN DE MÉCHANT, IL SUFFIT JUSTE DE S'ASSEOIR ET DE BOIRE UN VERRE !
BLA
BLA
HUUMPF
......
Et voilà comment je l'ai forcé à venir avec moi.

Tu es en quelle année ?
Je suis en master...
Je pensais que ça le perturberait un peu...
Mais il est exactement comme d'habitude...
SLUUUURP
C'EST CHIANT...
Hé, c'est méchant de dire ça, Sudô-kun !
La ferme...
TU SAIS, KISHI-KUN...
Je veux rentrer...
ON DIRAIT QUE TU T'ENNUIES.
NON NON...
DIS-MOI, KISHI-KUN...

LES FILLES NE T'INTÉRESSENT PAS ?
SI C'EST LE CAS, C'EST VRAIMENT DOMMAGE.
TU AS UN SI JOLI VISAGE...
TU ES TOUT À FAIT MON TYPE DE MEC.
CLAC
AH !
SPLASH

OH NON, JE SUIS DÉSOLÉE !
JE VAIS T'ESSUYER ÇA.
AH, OK...
FLOUP
LA LAISSE PAS FAIRE, ABRUTI !!
VIENS !
GRIP
QU'EST-CE QUE TU FICHES À RÊVASSER ??
HEIN...?
WHAM

VIENS !
EH...!
POURQUOI IL NOUS PÈTE UN CÂBLE, LE SUDÔ ?
OUH...
TAP
TAP
TAP
Pourquoi est-ce que je me sens aussi irrité ?

Même moi, je ne comprends pas.
Mais je suis sur les nerfs.
PSCHHH
ÇA IRA, TES HABITS ?
OUI...
JE LES LAVERAI, ON VERRA BIEN SI ÇA PART... ET SI ÇA NE PART PAS, JE LES JETTERAI.

DIS-MOI…
PSCHHH
ÇA T'ARRIVE DE T'ÉNERVER, PARFOIS ?
PSCHHHH
CROUIC
POURQUOI ?
BEN…

C'EST JUSTE QUE ÇA NE M'INTÉRESSE PAS.
CETTE FILLE NE M'INTÉRESSE PAS,
ET TOI NON PLUS.
ALORS...
J'AIMERAIS BIEN QUE TU ME LAISSES TRANQUILLE...

Ah bo
Il me tape sur les nerfs.
Qu'est-ce que je peux bien faire pour qu'il comprenne...?
PAF
.....
QU'EST-CE QUE TU..
GRIP

.....
......!?
SMACK
SMACK
FUAH...
SUDÔ...
.....
Mais qu'est-ce que je fous...?

MERDE...
JE VAIS PAS POUVOIR M'ARRÊTER...
HAA...
.....
VLOUP
BOBOM
ビクッ
MMH...
BOBOM
SERRE...
VLOUP VLOUP
BOBOM
BOBOM
IL EST SUPER MINCE...
FLIP...
IL MANGE AU MOINS..?

FUIP...
FUIP...
コリ
コリ
J'ai envie de plus...
VLOUP
グイ
BOBOM
!
PAF !
バッ

HAA...
HAA...
GLOUPS
AH...
HAA... HAA...
TREMBLE...
TREMBLE...
TREMBLE...
わああああっ
BLUUUSH
ギュウウッ
TIRE...
EUH...

ATTENDS !
RUN
C'ÉTAIT QUOI,
CETTE RÉACTION...?
GLIISSE
BLUUUSH
IL ÉTAIT TROP MIGNON...
END

?
TREMBLE
TREMBLE
?
BOBOM
BOBOM
À moitié
en érection,
à moitié
en larmes

711
SALLE DE RECHERCHES
Département sciences naturelles
BONJOUR...
AH !
T'ES TOUT SEUL...?
IL FAUT QUE J'AILLE FAIRE DES PHOTOCOPIES !
FUITE
Gros vent.
......
Resume 2
EUH...
TU VEUX QUE JE T'AIDE À PORTER ÇA ?
N... NON MERCI !
FUITE !
Gros vent.
PAS DE DOUTE, IL M'ÉVITE.
Depuis ce jour, Kishi fait de son mieux pour m'éviter.

Et du coup...
J'IMAGINE QUE C'EST NORMAL...
Ça me donne encore plus envie de l'énerver.
FIXE...
SES OREILLES SONT FINES...
BOBOM
SMOUCH
FRISSON...
BADABOUM
QU...
DÉSOLÉ... UNE IMPULSION.
OUAAH...
!

RECULE…
ぐぬぬぬ…
SUDÔ… ÇA SUFFIT…
GRIP
OUPS !
SMILE…
AAAH
T'AS FAILLI TOMBER.
L… LÂCHE-MOI…
GIGOTE
ジタ
GIGOTE
バタ
PAS ENVIE.
CLAC
TIENS ?
OH, JE NE SAVAIS PAS QUE VOUS ÉTIEZ SI PROCHES, TOUS LES DEUX !
ON N'EST…

ON N'EST PAS PROCHES DU TOUT !
À VRAI DIRE, CES DERNIERS TEMPS, ON S'EST UN PEU RAPPROCHÉS.
AH BON ? COMMENT ÇA SE FAIT ?
C'est un secret !
もみっ
TRIPOTE
...!
BOBOM
C'est à propos de notre projet de recherches ...
Ah, oui...
AAH...
AAH...
Quand il fait cette tête-là,
ça m'excite.

MES JOURNÉES SONT VRAIMENT REMPLIES, CES DERNIERS TEMPS.
ÇA FAIT BIZARRE.
FIOU
T'AS L'AIR DE BIEN T'AMUSER...
JE PLAINS UN PEU KISHI-KUN... ON DIRAIT UN PETIT ANIMAL TERRIFIÉ.
Dire qu'avant, il restait complètement de marbre...
BOBOM
BOBOM
Ha Ha Ha !
TU AS VRAIMENT L'INTENTION DE LE POUSSER À TOMBER AMOUREUX DE TOI ?
SLURP..
HEIN ?
POURQUOI ?
COMMENT ÇA, POURQUOI ?
CE N'EST PAS POUR ÇA QUE TU FAIS TOUS CES EFFORTS ?
.....
À VOIR TA TÊTE,
ÇA NE T'EST JAMAIS VENU À L'IDÉE...

EN MÊME TEMPS, C'EST UN MEC.
Après tout ce que tu lui as fait !
ET C'EST SEULEMENT MAINTENANT QUE TU PRENDS ÇA EN COMPTE ?
OUI, MAIS...
FROTTE FROTTE
C'EST DRÔLE DE SE MOQUER DE LUI.
ÇA ME DONNE ENVIE DE CONTINUER.
MAIS SORTIR AVEC LUI, C'EST COMPLÈTEMENT DIFFÉRENT,
PAR CONTRE.
ENTRE NOUS, C'EST PAS UNE HISTOIRE D'AMOUR.
NYARK NYARK
ニヤ ニヤ
ET POURTANT, TU L'AS EMBRASSÉ.

ÇA, C'ÉTAIT...
C'était juste parce que j'étais énervé contre lui.
ÇA N'A RIEN À VOIR.
UH...
MAIS TU N'ES PAS TOUT SEUL...
MOI AUSSI, JE COMPRENDS TON ENVIE DE VOULOIR LE MARTYRISER.
AH...
R... RIEN À VOIR...
DIRE QUE J'ÉTAIS PERSUADÉ QUE TU ÉTAIS DEVENU HOMO.
QUAND ON PARLE DU LOUP...

TIENS ?
C'EST QUI, CELUI-LÀ ?
QU'EST-CE QUI SE PASSE ?
REGARDE,
TU CROIS QUE C'EST UN ÉTUDIANT, LE TYPE LÀ-BAS ?
PLUTÔT UN PROF... MAIS IL A L'AIR JEUNE.
IL PORTE UN COSTARD...
Il est beau gosse.

GRRR
ALORS IL EST QUAND MÊME CAPABLE DE SOURIRE...
GRRR ?
OH OH... UN RIVAL FAIT SON APPARITION ?
QUOI ?? N'IMPORTE QUOI !!
OUAH !
T'ÉNERVE PAS COMME ÇA...
JE M'ÉNERVE PAS !!
SI, TU T'ÉNERVES.
.....
UN RIVAL...

SHÔTA...
MAIS NON, N'IMPORTE QUOI !
Impossible...
MERDE...
POURQUOI JE M'ÉNERVE POUR ÇA, MOI ?
SHHHHH...
TCHAC
LA PROCHAINE FOIS, RENDS TON DOSSIER À TEMPS, D'ACCORD ?
OUI.
TAP...

PFF !!
QUEL VIEUX CON...
ME GARDER SI TARD JUSTE À CAUSE D'UN FOUTU DOSSIER...
TAP
TAP
MH ?
LA LUMIÈRE EST ALLUMÉE...
711
SALLE DE RECHERCHES
DÉPARTEMENT SCIENCES NATURELLES
TU VAS RATER LE DERNIER BUS.
SUDÔ...
TU COMPTES TRAVAILLER JUSQU'À QUELLE HEURE ?
C'EST PAS GRAVE, JE RESTE ICI CETTE NUIT.
TU AS DES SOUCIS AVEC TON EXPÉRIENCE ?

NON...
TAP...
PAS VRAIMENT, MAIS...
TAP...
HUM...
SI TU VEUX, TU PEUX RENTRER AVEC MOI. JE SUIS VENU EN VOITURE.
BOBOM !
.....
.....
DISTANCE DE SÉCURITÉ
ÇA VA, JE NE VAIS PAS ME JETER SUR TOI...
TU PEUX BIEN ME LAISSER TE RACCOMPA-GNER.
ET PUIS...
JE NE REFERAI PLUS CE QUE J'AI FAIT LA DERNIÈRE FOIS...
MAIS IL PLEUT FORT, ALORS TU DEVRAIS VENIR AVEC MOI.

.....
FIIIIXE
IL EST VRAIMENT MÉFIANT...
JE TE PROMETS,
JE NE FERAI RIEN !
Je mets en jeu 10 tickets-resto pour le prouver.
HUM...
ALORS D'ACCORD...
AH !
Pour être honnête, je lui ai proposé ça juste pour lui taper sur les nerfs...
Il est bizarre, ce type...

[Nii = grand frère]

C'EST UN AMI À TOI ?
MERCI D'AVOIR RAMENÉ MON GRAND FRÈRE À LA MAISON !
ペコリ
COURBETTE
E… ELLE RESSEMBLE TRAIT POUR TRAIT À LA FILLE QUI M'A JETÉ…
Tu ne m'intéresses pas du tout…
Mes mauvais souvenirs me reviennent…
D… DE RIEN…
SUDÔ,
TU VEUX MONTER CHEZ MOI UN INSTANT ?

PSCHHH
HEIN...?
SHÔ-NII A RAMENÉ UN AMI À LA MAISON...
C'EST RARE !!
14 ANS
EN PLUS, IL EST BEAU...
12 ANS
IL EST BEAU !
7 ANS
J'AI L'IMPRES-SION QU'ON M'OBSERVE EN CACHETTE...
FIIIXE
FIIIXE
DÉSOLÉ...
TU AS BEAUCOUP DE FRÈRES ET SŒURS, NON ?
OUI,
UN GRAND FRÈRE, DEUX PETITS FRÈRES, ET UNE PETITE SŒUR...
CLAC

TIENS ? UN INVITÉ ?
AH ! L'HOMME DE LA DERNIÈRE FOIS...
HEIN ?
NOUS NOUS SOMMES DÉJÀ RENCONTRÉS ?
E... EUH, NON...
RAVI DE FAIRE VOTRE CONNAISSANCE.
JE M'APPELLE SUDÔ, JE SUIS UN CAMARADE D'UNIVERSITÉ.
OUF...
ET MOI, JE SUIS SON GRAND FRÈRE AKITO.
C'ÉTAIT SON GRAND FRÈRE...

POURQUOI JE SUIS SOULAGÉ, D'ABORD ?
SUDÔ...
PARDON, IL FAUT QUE JE M'OCCUPE DE QUELQUE CHOSE...
METS-TOI À TON AISE.
DÉSOLÉ...
O... OK...
BOBOM
SUDÔ-KUN...

TU ES UN «AMI» DE SHÔTA ?
POURQUOI VOUS ME POSEZ CETTE QUESTION..?
SMILE
URGH...
MON FRÈRE... IL EST DU GENRE DISTRAIT, N'EST-CE PAS ?
ÇA, C'EST BIEN VRAI.
HA HA HA !
QUELLE FRANCHISE !
QUAND IL ÉTAIT PLUS JEUNE, BEAUCOUP DE GENS LUI ONT FAIT DU MAL À CAUSE DE ÇA,
ET TU ME FAIS UN PEU PENSER À EUX.

ON A JUSTE UNE RELATION DE SEMPAI-KÔHAI.
PAS LA PEINE DE VOUS INQUIÉTER.
DANS CE CAS, TANT MIEUX.
DÉSOLÉ...
JE LE PROTÈGE PEUT-ÊTRE UN PEU TROP, MAIS...
C'EST MON PETIT FRÈRE CHÉRI.
TIENS, VOUS ÊTES ENCORE EN TRAIN DE DISCUTER ?
OUI, ON PARLAIT UN PEU.
Je sens le brother complex d'ici...
IL EST DRÔLEMENT PERSPICACE, LE FRANGIN...

MAIS MAINTENANT, LA SITUATION EST UN PEU DIFFÉRENTE...
C'est vrai que je fais partie de ceux qui le harcèlent.
poc...
.....
ROULE...
DÉSOLÉ... C'EST UN PEU BRUYANT, CHEZ MOI.
NON... AU CONTRAIRE, ÇA DONNE UNE BONNE AMBIANCE.
CHEZ MOI, C'EST COMPLÈTEMENT DIFFÉRENT, ALORS C'ÉTAIT PLUTÔT AGRÉABLE, COMME CHANGEMENT.
Ah, la pluie s'est arrêtée...

LE PARKING EST PROCHE, TU N'AS PAS BESOIN DE ME RACCOMPAGNER.
OUF...
AH BON...
SUDÔ...
EUH...
TOUT À L'HEURE, JE N'AI PAS EU L'OCCASION DE TE LE DIRE, MAIS,
EUH...
MERCI DE M'AVOIR RAMENÉ.
BOBOM

Bon sang...
J'ai super envie de le toucher...
AH !!
SOURIRE FLIPPANT...
GLOUPS...
....
.....
FRUTSCH

END

De temps en temps,
il en rêve encore

Tomo kurahashi sick

学生自治会
学生自治会
Resume 3
Depuis ce jour de pluie,
Sudô n'a plus rien fait.
IL FAIT FROID, EN CE MOMENT...
AH !

I... IL ARRIVE !!
DÉFENSE
FIGÉ...
?
QU'EST-CE QUE TU FICHES ?
AH, AU FAIT, LE PROFESSEUR ANDÔ TE CHERCHAIT.
PANIQUE
D... D'ACCORD...
Ça se passe toujours comme ça.
TADAM
AT-TENDS...
T'AS ENCORE PASSÉ LA NUIT EN SALLE DE RECHERCHES ?
EUH... OUI...
TU AS DES CERNES SOUS LES YEUX.
TON FRÈRE NE S'INQUIÈTE PAS TROP...?

C'EST JUSTEMENT PARCE QUE JE NE VEUX PAS L'INQUIÉTER
QUE JE N'AI PAS ENVIE DE RENTRER CHEZ MOI...
JE VOIS...
TU FAIS ÇA POUR TON FRÈRE, ALORS.
.....
OUF
IL N'A RIEN FAIT AUJOURD'HUI NON PLUS...
Je suis content que mes journées soient redevenues paisibles, mais...
Et les autres ?
Ils ont dit qu'ils nous attendraient dans la salle de cours.
PEUT-ÊTRE QU'IL S'EST LASSÉ DE TOUJOURS ME FAIRE DES FARCES...

C'EST BIZARRE...
ÇA VA, KISHI-KUN ?
AH, PROFESSEUR !
J'AI PRIS UN PEU DE RETARD,
MAIS ÇA
E BOULE-
ERSERA
PAS LE
LANNING...

CE N'EST PAS CE QUE JE VOULAIS DIRE.
EST-CE QUE TU PRENDS LE TEMPS DE TE REPOSER ?
HEIN ?
ÇA VEUT DIRE QUE J'AI UNE MINE AFFREUSE, C'EST ÇA ?
EH BIEN...
PLUTÔT, OUI.
S'IL Y AVAIT PLUS DE GENS POUR NOUS AIDER, TU N'AURAIS PAS À TRAVAILLER AUTANT...
JE SUIS VRAIMENT DÉSOLÉ.
Houp là...
MAIS NON...
VOUS AUSSI, VOUS TRAVAILLEZ BEAUCOUP, PROFESSEUR.
Je vous fais du thé ?
Je veux bien, merci.
ET SI ON DEMANDAIT À SUDÔ-KUN ?

HEIN ?
IL EST TRÈS INTELLIGENT, JE SUIS SÛR QUE S'IL SE JOIGNAIT À NOUS, IL NOUS SERAIT D'UNE GRANDE AIDE.
MÊME S'IL N'A PAS TRÈS BONNE RÉPUTATION AUPRÈS DES AUTRES PROFES-SEURS, SI J'AI BIEN COMPRIS...
E... EUH...
FLOUP
緑茶
C... CE N'EST PAS QUELQU'UN DE MAUVAIS...
IL M'A DÉJÀ AIDÉ PLUSIEURS FOIS...
EN FAIT.
AH BON ! TANT MIEUX !
SMILE
SMILE
POURQUOI VOUS SOURIEZ ?

J'AVAIS L'IMPRESSION QUE VOUS NE VOUS ENTENDIEZ PAS TRÈS BIEN,
JE M'INQUIÉTAIS UN PEU.
DE TOUTE ÉVIDENCE, JE ME SUIS TROMPÉ !
!
N... NON, ON S'ENTEND BIEN...
TANT MIEUX ! JE TROUVE QUE VOUS FORMERIEZ UNE BONNE ÉQUIPE.
AH BON...?
FLOUP
TIENS ?
AH, IL EN RESTAIT UN DANS MA POCHE...
.....

FLOUP
SI VOUS LE DITES...
......
TIDING !
14:10
On sort ?
Tu sors plus jamais avec nous ces derniers temps !
On se voit ce soir ?
TIDING
TIDING
......

POC
CLAC !
C'EST CHIANT...
Il n'y a plus rien qui m'amuse.
Maintenant, même quand je l'imagine avec une expression paniquée,
je ne ressens rien de plus qu'un tout petit soubresaut au fond du ventre.
T'AS L'AIR DE MAUVAISE HUMEUR.
C'EST PARCE QUE TU VAS PLUS À LA SALLE DE RE-CHERCHES ?
AVOUE !
JE NE SUIS QU'EN DEUXIÈME ANNÉE, J'AI PAS BESOIN D'Y ALLER !

ÇA T'A JAMAIS EMPÊCHÉ D'Y ALLER, AVANT.
TU T'ES LASSÉ, C'EST ÇA ?
C'EST PAS DRÔLE...
MAIS NON !
JE...
JE NE SAIS PAS CE QUE JE DOIS FAIRE.
JE NE SAIS PAS OÙ SE TROUVE LE PROBLÈME...
QUAND JE LE VOIS, JE ME SENS IRRITÉ SANS COMPRENDRE POURQUOI...
OH, IL EST HONNÊTE... C'EST RARE...
DIS-MOI...

CE QUE TU APPELLES DE L'IRRITATION,
CE NE SERAIT PAS DE LA FRUSTRATION SEXUELLE, PLUTÔT ?
PFFFT
PARDON ??
ALORS C'EST ÇA ! T'AS ENVIE DE COUCHER AVEC LUI !
GRRRR
TU TE CROIS DRÔLE ?? CRÉTIN !
ATTENDS !
ON EN A DÉJÀ PARLÉ ENSEMBLE.

JE T'AI DIT QUE JE COMPRENAIS L'ENVIE QUI TE POUSSAIT
À T'EN PRENDRE À KISHI-KUN.
JE CROIS QUE MOI AUSSI, SI J'ÉTAIS À TA PLACE, J'AURAIS ENVIE DE LUI.
QUOI ??
AH !! SUDÔ-KUN, ÇA FAIT LONGTEMPS !!
SEMPAI...
TOUJOURS AUSSI BEAU, TOI !
C'EST RARE DE TE VOIR À LA FAC, SEMPAI...
JE SUIS VENUE PARCE QUE JE M'INQUIÈTE POUR KISHI-KUN !
HEIN ?
IL NE VA PAS BIEN ?

CE N'EST PAS QU'IL NE VA PAS BIEN, MAIS...
TU SAIS QU'IL A ÉTÉ EXONÉRÉ DES FRAIS D'INSCRIPTION À L'UNIVERSITÉ.
MAIS DU COUP, IL FAUT QU'IL AIT DE BONNES NOTES POUR NE PAS DÉCEVOIR LES PROFESSEURS.
IL TRAVAILLE TRÈS DUR.
LES PROFS LE SOUTIENNENT, ET IL EST TRÈS INTELLIGENT,
MAIS TOUT DE MÊME...
.....
SANS COMPTER QU'IL EST DÉSORGANISÉ...
HA HA ! ÇA C'EST VRAI !
TU T'INQUIÈTES POUR LUI ?
PAS DU TOUT !

AH BON...
DOMMAGE...
DEPUIS CET ÉTÉ, LE PROFESSEUR EST TOUJOURS EN TRAIN DE LUI DEMANDER DE L'AIDE, EN PLUS...
MOI ET LES AUTRES, ON AURAIT BIEN AIMÉ LUI DONNER UN COUP DE MAIN, MAIS...
DOOONG
ON EST VRAIMENT TROP OCCUPÉS...
POF !
ET TOI, SUDÔ-KUN, TU FERAIS MIEUX DE NE PAS TROP SÉCHER LES COURS NON PLUS, IL FAUT QUE TU FINISSES TON MÉMOIRE !
JE SAIS...
ALLEZ...
J'Y VAIS...
VACILLE
VACILLE
BON COURAGE...
.....

CLAC
ガタ
WHAM
OOH...
AMUSE-TOI BIEN ! ♡
Bon courage !
LA FERME...

GRATTE
Fiou...
BOBOM
SI TU NE TE DÉPÊCHES PAS,
LA BIBLIOTHÈQUE VA FERMER.
SUDÔ...?
AH...
C'EST VRAI... IL FAUT QUE JE ME DÉPÊCHE D'Y ALLER...
CLAC

POF
TIENS...
C'EST CE DONT TU AVAIS BESOIN, NON ?
EUH...
JE NE POUVAIS PLUS EMPRUNTER DE LIVRES AVEC MA CARTE, ALORS JE N'AI QUE DES PHOTOCOPIES.
ÇA IRA QUAND MÊME ?
Flap...
O... OUI...
ÇA SUFFIRA...
JE PASSAIS PAR LÀ, ALORS...
M... MERCI...

BON, JE RENTRE.
GRIP
A... ATTENDS, SUDÔ !
E... EUH... POURQUOI TU AS FAIT ÇA ?

MOI NON PLUS, JE N'EN AI AUCUNE IDÉE...
VLOUP
BOBOM !
TU DOIS FINIR ÇA POUR AUJOURD'HUI, PAS VRAI ?
ÇA M'ÉNERVE DE TE VOIR TRAVAILLER AUSSI LENTEMENT.
POF
HEIN ?
JE VAIS T'AIDER À TERMINER.
MAIS...

ALLEZ, PASSE-MOI ÇA.
HAA...
IL NE RESTE PLUS QU'À ENVOYER LES FICHIERS...
SUDÔ...
QUOI ?
HI HI
MERCI... TU M'AS VRAIMENT SAUVÉ LA VIE.
.....
Ça me rappelle ce jour de pluie...
Mais qu'est-ce que je fous, moi ?
JE VAIS ALLER NOUS PRENDRE DU CAFÉ...

ÇA TOURNE PAS ROND,
CHEZ MOI...
IL DORT...?
FLOUP...
ゴロ…
MMH...
EH...
カチャ FLOUP
T'AURAIS AU MOINS PU ENLEVER TES LUNETTES...
OUVRE...
MMH...

SUDÔ...
C'est la première fois qu'il me regarde dans les yeux...
ON DIRAIT QU'IL EST SUR LE POINT DE PLEURER...
Ce que je lis dans son regard,
en cet instant,

C'est quelque chose que je n'y avais jamais vu avant.
Ma propre silhouette.
Ce que je voulais vraiment,
au fond de moi,
c'était ça.

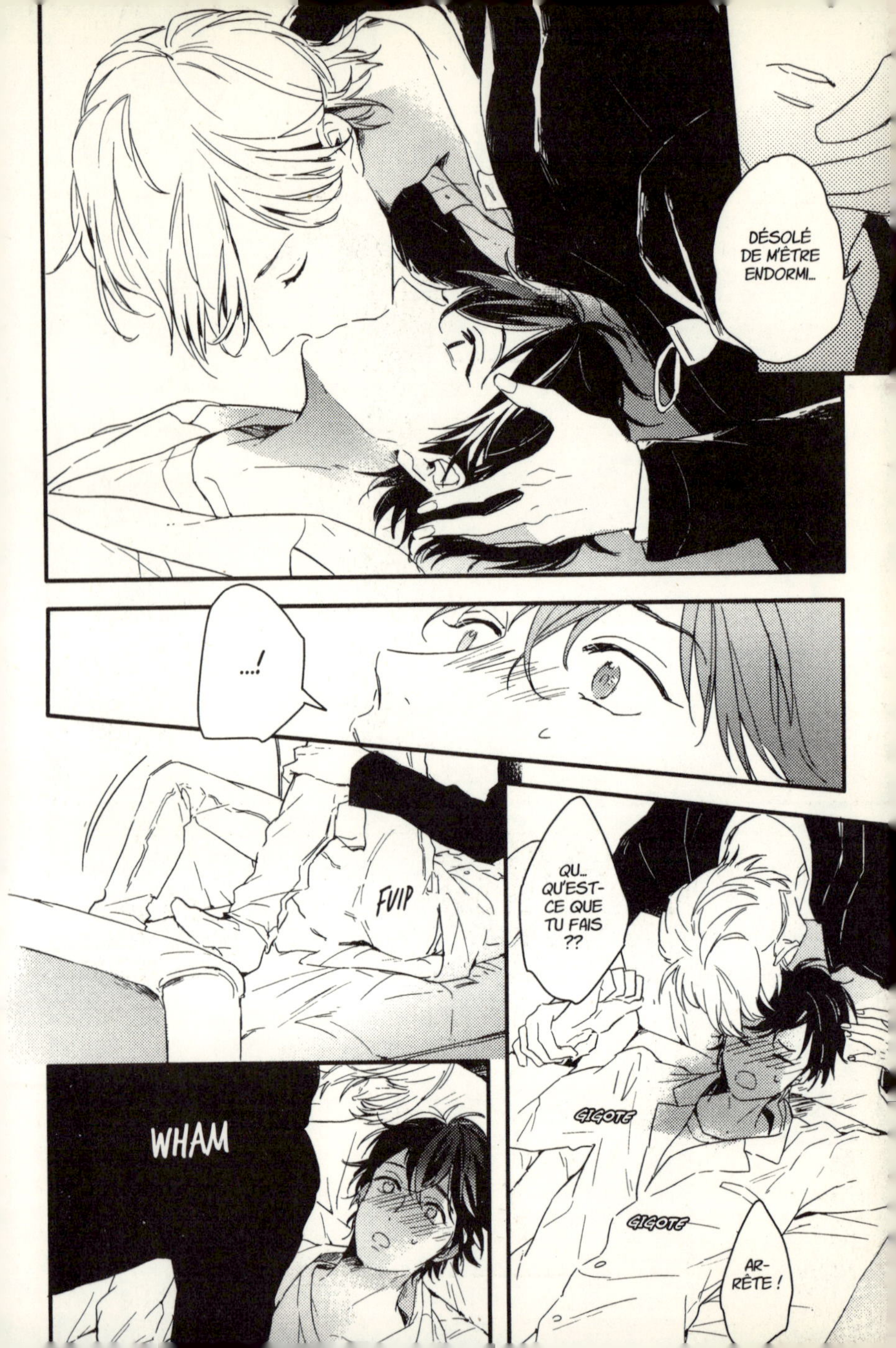
DÉSOLÉ DE M'ÊTRE ENDORMI...
...!
QU... QU'EST-CE QUE TU FAIS ??
FUIP
GIGOTE
GIGOTE
AR-RÊTE !
WHAM

DIS...
JE PEUX TE VIOLER ?
BOBOM
IDIOT, C'ÉTAIT UNE BLAGUE.
MAIS J'AI QUAND MÊME ENVIE DE TE TOUCHER...
FUIP
SMACK
BOBOM
PAS BESOIN D'AVOIR PEUR...
TREMBLE
TREMBLE
AH... N... NON...

JE VAIS JUSTE TE TOUCHER UN PEU...
FUIP...
BLUUUSH...
.....
OH OH...
BOBOM
BOBOM
VLOUP
EH BEN,
TU BANDES DÉJÀ.
JE SUIS JUSTE FATIGUÉ...
C'EST POUR ÇA...
TOUCHE PAS...
OOH...
T'ES EXCITÉ QUAND T'ES FATIGUÉ ?
T'ES BIEN UN MEC, TOI.
UH...
NH...

NON...
HH...
BOBOM
ビクッ
AH...!
BOBOM
ビク
FUIP FUIP
BOBOM
ビクッ
AH !
FLUIP
FLUIP
SERRE
BOBOM
ビクッ
BOBOM
ビク
NON...
AH...
SUDÔ...
SHUP
SHUP
SHUP
SHUP
C'EST PAREIL POUR MOI...
JE SUIS FATIGUÉ.
GLOUPS...
THAC THAC
BOBOM
ビクッ
.....

FUIP
FU…
SHUP
SHUP
C…
C'EST BRÛLANT…
AAH…
VLOUP…
ズル…
AAH…
SHUP
SHUP
WHAM
WHAM
SHUP
SHUP
BOBOM
ビク…
HAA
A… AH…
NON…
ÇA VA… SORTIR…
TREMBLE
TREMBLE
TREMBLE

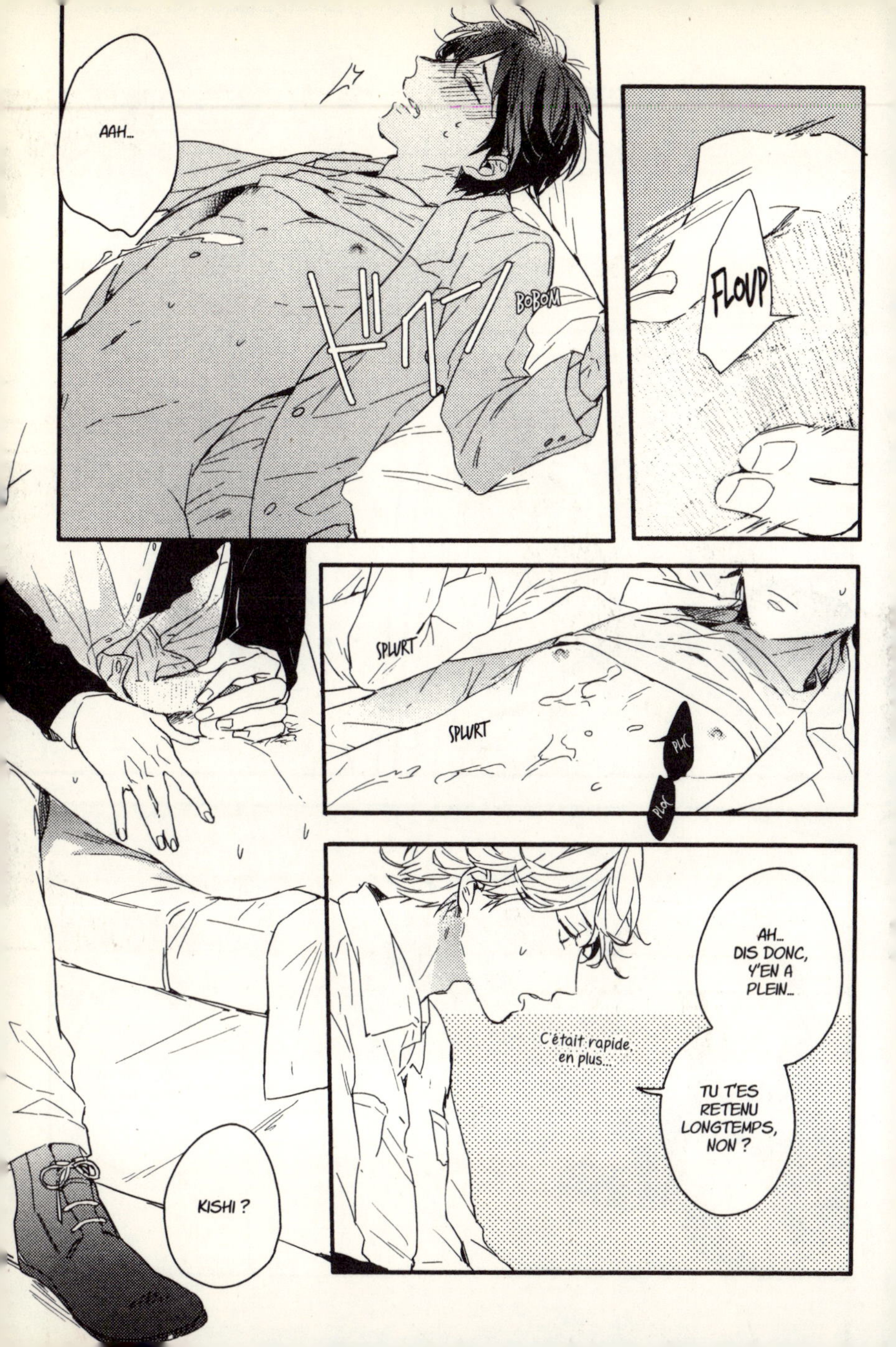
FLOUP
AAH...
BOBOM
SPLURT
SPLURT
PLIC
PLOC
AH... DIS DONC, Y'EN A PLEIN...
C'était rapide, en plus...
TU T'ES RETENU LONGTEMPS, NON ?
KISHI ?

HAA
ZZZZ...
TSS !
IL DORT...
LES CAFÉS ONT REFROIDI...
ET QU'EST-CE QUE JE FAIS, MOI, MAINTE-NANT ?
END

FLUUUSH
TSS...
Finalement, il a dû aller soulager sa frustration dans les toilettes.

Tomo kurahashi sick

Resume 4
TCHAC
TCHAC
TCHAC
.....
TCHAC
TCHAC
RÊVEUR...
...ta ?
SHÔTA !
BOBOM
LA SOUPE MISO EST EN TRAIN DE BOUILLIR.
TCHAC
AH, NII-CHAN...

JE TE TROUVE DISTRAIT, CES DERNIERS TEMPS...
.....
IL S'EST PASSÉ QUELQUE CHOSE ?
.....
Mince, les oignons ...
N... NON, RIEN...
BOBOM !
EST-CE QUE PAR HASARD...
ÇA AURAIT UN RAPPORT AVEC LE GARÇON QUI EST VENU L'AUTRE JOUR ?
AH !
C'EST D'UNE LOUCHE DONT TU AS BESOIN, PAS D'UNE SPATULE...
AH ! MINCE !!

NON, ÇA N'A AUCUN RAPPORT AVEC SUDÔ...!
MAIS...
NE TE FAIS PAS DE SOUCI.
TOUT IRA BIEN.
ÇA NE FINIRA PAS COMME LA DERNIÈRE FOIS.
TRÈS BIEN...
POF
MAIS S'IL SE PASSE QUELQUE CHOSE, DIS-LE MOI.
BOBOM
BOBOM
BOBOM
IL DIT ÇA,
MAIS...
JE NE VOIS PAS COMMENT JE POURRAIS LUI PARLER D'UN TRUC PAREIL...

MH...
TROP DE LUMIÈRE...
Ah !
WHAM
がばっ
TIENS ?
JE PORTE DES VÊTEMENTS...
FLOUP
ALORS C'ÉTAIT UN RÊVE...?

TU TE RÉVEILLES ENFIN...
POUF
ぽんっ
BOBOM
S... SUDÔ ??
POURQUOI TU FLIPPES, D'UN COUP ?
LES COURS VONT BIENTÔT COMMENCER.
C'EST VRAI ??
J'AI...
J'AI VRAIMENT DORMI AUSSI LONGTEMPS...?
CLAC
TU VERRAIS TA TÊTE, T'AS PLEIN D'ÉPIS...
MH...
FRUTSCH
TU DEVRAIS ARRANGER ÇA RAPIDEMENT. MOI, JE VAIS RENTRER CHEZ MOI.
E... EUH, SUDÔ...

MERCI DE M'AVOIR AIDÉ,
HIER...
FROTTE
FROTTE
Y'A PAS DE QUOI...
C'EST PAS LA PEINE DE RÉPÉTER ÇA TOUT LE TEMPS.
Augmente ton vocabulaire...
AH...
EUH... OUI...
IL RÉAGIT COMME D'HABITUDE... C'ÉTAIT VRAIMENT UN RÊVE, ALORS...?
ET SINON...
LA PROCHAINE FOIS,
ON CONTINUERA LÀ OÙ ON S'EST ARRÊTÉS, OK ?
SMACK
HEIN...?

À PLUS.
HAA...
HAA...
BADAM !
AH...
C...
C'ÉTAIT PAS UN RÊVE...
BOBOM
ドッ
BOBOM
ドッ
Je peux encore sentir sa chaleur sur mon corps...

HAA...
QU'EST-CE QUE J'AI FAIT...?
Après ça,
chaque fois que je fermais les yeux,
je revoyais le visage de Sudô apparaître devant moi.
POURTANT, IL M'A TOUCHÉ...
PEUT-ÊTRE QUE ÇA NE M'AFFECTE PLUS AUTANT QU'AVANT...

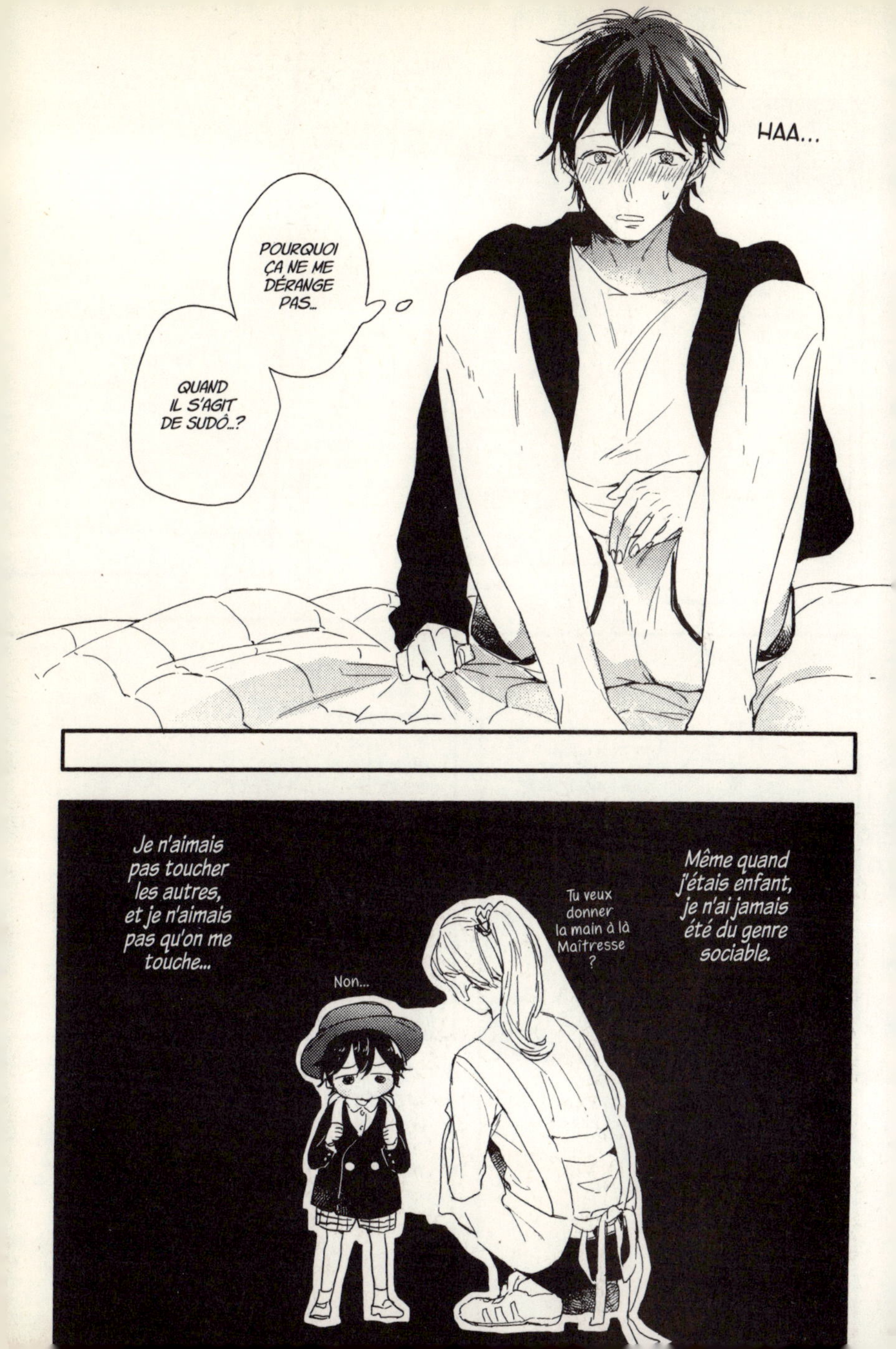
HAA...
POURQUOI ÇA NE ME DÉRANGE PAS...
QUAND IL S'AGIT DE SUDÔ...?
Même quand j'étais enfant, je n'ai jamais été du genre sociable.
Tu veux donner la main à là Maîtresse ?
Non...
Je n'aimais pas toucher les autres, et je n'aimais pas qu'on me touche...

Et quand Sudô m'embêtait, au tout début, je n'aimais pas ça non plus.
AH...
C'est étrange...
Chaque fois que je pose les yeux sur lui,
Qu'est-ce que tu fais ?
J'attends quelqu'un.
je me surprends à penser que j'aimerais mieux le connaître.
C'est probablement...
la toute première fois que ça m'arrive.
Rêveur...
JE N'AVAIS JAMAIS REMARQUÉ AVANT, MAIS...
IL Y A TOUJOURS DES TAS DE FILLES QUI TOURNENT AUTOUR DE SUDÔ...

MIOM
MIOM
MIOM
ELLE EST DRÔLEMENT PROCHE DE LUI, CETTE FILLE...
PEUT-ÊTRE QU'IL EST COMME ÇA AVEC MOI
PARCE QU'IL EST HABITUÉ À ÊTRE TACTILE AVEC TOUT LE MONDE...
Ou alors...
Est-ce que je suis spécial pour lui ?

GLOUPS
AH !
MINCE...
CLAC
MAIS À QUOI JE PENSE, MOI ?
FUITE.
EH.
TIRE
QU'EST-CE QUE TU FAIS ?
GROOO...
GROOO...
T'ESSAYAIS DE T'ENFUIR, LÀ, PAS VRAI ?
M... MAIS NON, PAS DU TOUT...
MENTEUR.
Enfin, tant pis.
TU DOIS AVOIR PLUS DE TEMPS LIBRE, MAINTENANT QUE T'AS PRESQUE TERMINÉ TA THÈSE, PAS VRAI ?
POUF
EUH...

DU COUP, PAR RAPPORT À CE QUE J'AI DIT LA DERNIÈRE FOIS...
EUH... C'EST-À-DIRE...?
TU LE FAIS EXPRÈS, OU QUOI ?
ENFIN, ÇA M'EST ÉGAL.
GRAB
SI TU EN AS ENVIE, ON PEUT ALLER SE PRENDRE UNE CHAMBRE D'HÔTEL, LÀ MAINTENANT.
U... UNE CHAMBRE D'HÔTEL ??
AH, MAIS J'OUBLIAIS QUE TU N'AS PAS LE DROIT DE SÉCHER LES COURS, TOI...
EH OH, LES MECS...
Une chambre d'hôtel...?
JE VOUS SIGNALE QU'ON NE REMARQUE QUE VOUS.

euuuh
VOUS FAITES QUOI ?
C'EST UNE NOUVELLE FAÇON DE VOUS AMUSER ?
AH, JE NE T'AI PAS DIT : LUI ET MOI, ON SORT ENSEMBLE, MAINTENANT !
HEIN ??
DIRECT !
QUOI ??
TU TE FICHES DE MOI ??
APRÈS TOUT CE QUE TU M'AS DIT ?
PARDON, KISHI-KUN !
C'est peut-être de ma faute !!
IL A RETOURNÉ SA VESTE DRÔLEMENT VITE !
IL N'Y A PAS SI LONGTEMPS, IL ÉTAIT COMPLÈTEMENT DANS LE DÉNI...
Arrête de gigoter.
GRIP
KISHI-KUN !
AH !

PRENDS SOIN DE LUI, D'ACCORD ?
IL N'EST PAS MÉCHANT, AU FOND !
Le touche pas...
EUH...
MAIS...
JE VOUS SOUHAITE BEAUCOUP DE BONHEUR POUR LA SUITE !
C'est pas de ma faute !
......
QU'EST-CE QUI LUI PREND..?
P...
POURQUOI...
TU LUI AS DIT QU'ON SORTAIT ENSEMBLE..?
BEN, PARCE QUE JE T..
OUPS.
?

CLAC
J'AI FAILLI DIRE UNE CONNERIE...
ET PUIS, SI TU T'ÉTAIS PAS ENDORMI CETTE FOIS-LÀ,
ON AURAIT...
ON AURAIT...?
TSS...
BREF, T'AS INTÉRÊT À LIBÉRER TON WEEK-END POUR MOI !
DAM
OK...
ET SURTOUT, NE DIS RIEN À TON FRÈRE !
Et dire que je t'attendais à ma table, moi...
....
D... D'ACCORD...
Mon frère ?

BOBOM
J'ai peur...
et en même temps, j'ai hâte...
C... C'EST BIZARRE...
711
SALLE DE RECHERCHES
Département
Puis...
ARGH...
FINALEMENT, ÇA FAIT UNE SEMAINE, ET J'AI PAS TROUVÉ LE COURAGE DE REFUSER...

Retrouve-moi en bas à 5h, d'accord ?
TIC TAC TIC TAC
Nerveux...
5 HEURES...
QU'EST-CE QU'IL VA ME FAIRE...?
SNIF
TULULULU
ALLÔ ?
Ah, quel soulagement !
Kishi-kun, tu es encore en salle de recherches ?
OUI, VOUS AVEZ BESOIN DE QUELQUE CHOSE ?

Désolé...
J'AI BESOIN QUE TU M'ENVOIES DES DONNÉES, C'EST URGENT...
ZIEUTE...
TRÈS BIEN.
J'ESPÈRE QUE J'AURAI FINI À TEMPS...
MERDE !
COMME PAR HASARD, IL EST PAS LÀ !
JE LUI AVAIS DIT QUE JE L'ATTENDAIS EN BAS !
Tulululu
CLAC !
ガチャッ
AH, KISHI ?
OÙ EST-CE QUE T'ES, EN CE MOM...

Désolé, mais Shôta n'est pas là.
Il a laissé son téléphone à la maison.
CETTE VOIX… C'EST LE FRANGIN…
Quel abruti…
AH BON…
SUDÔ-KUN,
j'aimerais bien que tu ne t'approches plus de Shôta.
CES DERNIERS TEMPS, IL EST UN PEU BIZARRE.
JE PENSE QUE C'EST À CAUSE DE TOI.

En tant que grand frère, c'est mon devoir de le protéger des emmerdeurs.
ENCORE SON BROTHER COMPLEX...
VOUS NE TROUVEZ PAS QUE VOUS POUSSEZ LE DÉVOUEMENT UN PEU LOIN ?
SÉRIEUSEMENT...
DE NOUS DEUX, C'EST LUI LE PLUS ÂGÉ.
IL EST TOUT À FAIT CAPABLE DE ME LE DIRE SI QUELQUE CHOSE NE LUI PLAÎT PAS.
MAIS CE N'EST PAS UNIQUEMENT POUR ÇA.
SHÔTA EST QUELQU'UN DE TRÈS SENSIBLE.
FLOUP...
JE N'AI PAS ENVIE DE LE VOIR SOUFFRIR À NOUVEAU.
VOUS AVEZ L'AIR DRÔLEMENT SÉRIEUX...

Tu n'es pas le premier, tu vois.
Shôta a commencé à avoir des difficultés à se rapprocher des gens après être entré à l'université.
ET VOILÀ... FINI !
Je n'irais pas jusqu'à dire qu'il se faisait harceler,
mais presque.
QUELLE HEURE IL EST...?
AH !
À mon avis, ils ne pensaient pas à mal,
JE SUIS EN RETARD...
mais ça rendait Shôta extrêmement nerveux.

JE ME DEMANDE SI SUDÔ EST EN COLÈRE CONTRE MOI...
TAP
TAP
TAP
SI ÇA SE TROUVE, IL EST DÉJÀ RENTRÉ CHEZ LUI...
DOMMAGE...
AH !
ARGH !
MAIS NON, PAS «DOMMAGE» ! C'EST MIEUX COMME ÇA !
TAP !
PAF !
AH !
JE SUIS DÉSOLÉ...

AH...
C'EST POUR ÇA QUE...
Vous et votre frère, vous êtes deux abrutis !
QUOI ??
VOTRE FRÈRE
NE PEUT PAS CONTINUER À VIVRE COMME ÇA.
ET VOUS NON PLUS.
JE VAIS ALLER LE CHERCHER.
...!

END

GRAAAH !
Il fait peur...
Ça me rappelle quand il faisait partie d'un gang...

Tomo kurahashi sick

Resume 5
JE SUIS SÛR QU'IL EST EN SALLE DE RECHERCHES...
TCHAC
Il a dû vouloir terminer un travail...
TAP
TAP
IL A VRAIMENT PAS CHANGÉ, KISHI !
POURTANT, ON VOULAIT JUSTE LUI PARLER NORMALEMENT...
OUAIS.
MAIS KISHI, IL EST COMME ÇA AVEC TOUT LE MONDE.
OUAIS, JE SUPPOSE...

C'EST QUI ?
DES ÉTUDIANTS EN MASTER ?
JE N'AI PAS L'IMPRESSION DE LES AVOIR DÉJÀ VUS...
TAP
TAP
J'AI UN MAUVAIS PRESSENTIMENT...
711
SALLE DE RECHERC
départemen
sciences natur
TAP
TCHAC
AH !
FAIT SOMBRE, ICI...
CLIC
EH !

SURSAUTE
ビクッ
QU'EST-CE QUE TU FICHES ? ON S'ÉTAIT DONNÉ RENDEZ-VOUS !
SUDÔ...
グイッ
GRIP
....!
TU PLEURES
UHH...
P..PAR...
DON...
TREMBLE...
TREMBLE...

TREMBLE
TREMBLE
IL RESSEMBLE À UN PETIT CHIEN...
EST-CE QUE CE SERAIT...
À CAUSE DES TYPES DE TOUT À L'HEURE..?
ET DONC ?
ILS T'ONT FAIT QUELQUE CHOSE ?
EUH...
ILS M'ONT... ADRESSÉ LA PAROLE...
C'EST TOUT...
SNIF...
QUOI ??
ET C'EST POUR ÇA QUE T'ES DANS UN ÉTAT PAREIL ??
MAIS C'EST DINGUE CE QUE T'ES SENSIBLE !!
BOBOM

PLOP
PLOP
PLOP
PARDON...
Mince !
AH !
IDIOT...
Allez, c'est tout
ARRÊTE DE PLEURER...
C'EST LOURD !
FROTTE
URGH !
D... DÉSO...
LÉ...
SNIF
SNIF
MINCE, J'AI AGGRAVÉ LES CHOSES...
SNIF
UUH...
BON...
QU'EST-CE QUE JE PEUX FAIRE..?
OUIIIN
OUIIIN
Ne paniquons pas...
POUF

ALLEZ…
TOUT VA BIEN, CALME-TOI.
GRIP
BOBOM !
SUDÔ…
C'EST BIZARRE… LA MAIN DE SUDÔ EST…
APAISANTE…
SNIF…
Quand je suis entré à l'université, je me suis retrouvé avec des gens qui étaient complètement différents de moi.
Pour être honnête, j'étais terrifié.
Ils n'avaient pas de mauvaises intentions, mais leurs réactions me faisaient toujours paniquer.

Au bout d'un moment, j'ai fini par les éviter.
J'avais honte de ma lâcheté...
mais j'étais incapable de changer...
MÊME AVEC SUDÔ...
J'AI ESSAYÉ DE METTRE DE LA DISTANCE ENTRE NOUS SANS LE BLESSER,
POUR ME PROTÉGER,
MAIS...
SUDÔ...
A CONTINUÉ À INSISTER...
GRIP....
FLOUP
グズ…
C'EST BIZARRE,
ET ÇA ME FAIT PEUR, MAIS...
EH...

BOBOM
ドキ
ドキ
QUAND IL ME TOUCHE, JE NE DÉTESTE PAS ÇA...
JE DIRAIS MÊME QUE...
TU TE SENS MIEUX ?
J'AI ENVIE QU'IL ME TOUCHE
ENCORE PLUS...
FAUT QUE T'ARRÊTES DE PLEURER POUR UN RIEN,
IDIOT.
AH !
TIIRE...
FOUIP
MAIS...
QUAND IL EST LÀ, ÇA ME RASSURE...
ARRÊTE...
.....
Il est trop mignon...
Arrête...

HAA
BON SANG…
TOI ET TON FRÈRE, VOUS AVEZ VRAIMENT DES RÉACTIONS DISPROPORTIONNÉES…
HEIN ? MON FRÈRE ?
OUAIS… LAISSE TOMBER.
OUAH !
A… ATTENDS… JE SUIS PAS ENCORE PRÊT MENTALEMENT…
MMMF !
EH, OH !
GRIP
AH !
ÇA FAIT UN BAIL QUE J'ATTENDS, MOI !

SUDÔ...
FUIP...
ふにっ
OUVRE LA BOUCHE...
AH...
MH...
FLOUP...
MMH...
SLURP...
BOBOM !
FRISSON...
H... HAA...
HH...
FLOUP
FLOUP
FLOUP
NH...

HAA...
FUAH...
P... PEUX PLUS RESPIRER...
MH !
BRR
TAIS-TOI ENCORE UN PEU...
C... C'EST QUOI, ÇA...?
JE ME SENS BIZARRE...
MMH...
AGITÉ...
NNH...
NH...
FLOUP
...!
TREMBLE
MMMH !!
GRIP
TIENS...
EST-CE QUE PAR HASARD...
IL SERAIT PAS EN TRAIN DE BANDER ?
SURSAUTE

MMH...
SUDÔ...
FLOUP
むに
ADORE SES CTIONS...
FLOUP
むに
FUAH...
ARRÊTE...
STOP...
T'AS PAS DU TOUT ENVIE QUE J'ARRÊTE, EN VRAI, HEIN ?
MERDE... J'AI TROP ENVIE DE LUI...
BOBOM
ÇA VA PAS ÊTRE POSSIBLE, LÀ...
ON CHANGE D'ENDROIT ?
?
HAA
HEIN...?
HAA

WHAM
CLAC
ATT...
FUIP
NON...
PAS ICI...
ON VA NOUS VOIR...
GIGOTE
GIGOTE
NE T'INQUIÈTE PAS.
PERSONNE NE VIENT JAMAIS SUR CE PARKING.
BOBOM
AH !!
GNAP...
ET SI UN GARDIEN ARRIVE, ON VERRA À CE MOMENT-LÀ...
ON TROUVERA UNE EXCUSE.
QUOI..??
SPLURT
FLOUP
CONCENTRE-TOI PLUTÔT SUR ÇA.
FLOUP

BOBOM
AAH...
FLOUP
ぬぷんっ
AH, C'EST RENTRÉ...
GRR
T... TU METS...
TES DOIGTS ?!
AH !
STRESSE PAS COMME ÇA,
ÇA SE RESSERRE ENCORE PLUS...
GIGOTE
SHUP
PLIC
JE SUPPOSE QUE C'EST PAR ICI...
PLIC
SHUP
!?
?!
A... AAAH !!
AAH !
OOH,
ICI, ALORS ?
TU VOIS ?
NON...
DIS DONC,
T'ES DÉJÀ BIEN EN ÉRECTION...
SHUP
SHUP
SHUP
AR-RÊTE...

FLOUP...
TREMBLE...
T'ES PAS LOIN DE JOUIR, PAS VRAI ?
C... C'EST TROP BIZARRE...
MH ?
FRISSON...
FLOUP...
とろん
BOBOM
ドキ
HAA
BOBOM
ドキ
ドキ
HAA
J'AI ENVIE... QU'IL CONTINUE...
FUIP
FUIP
DIS DONC...
SLURP
SI TU FAIS CETTE TÊTE, JE VAIS PRENDRE ÇA POUR UNE INVITATION.
CLING
カチャ
CLING
カチャ
ZIIIP...
JE SAIS MÊME PAS
SI TU T'EN RENDS COMPTE.

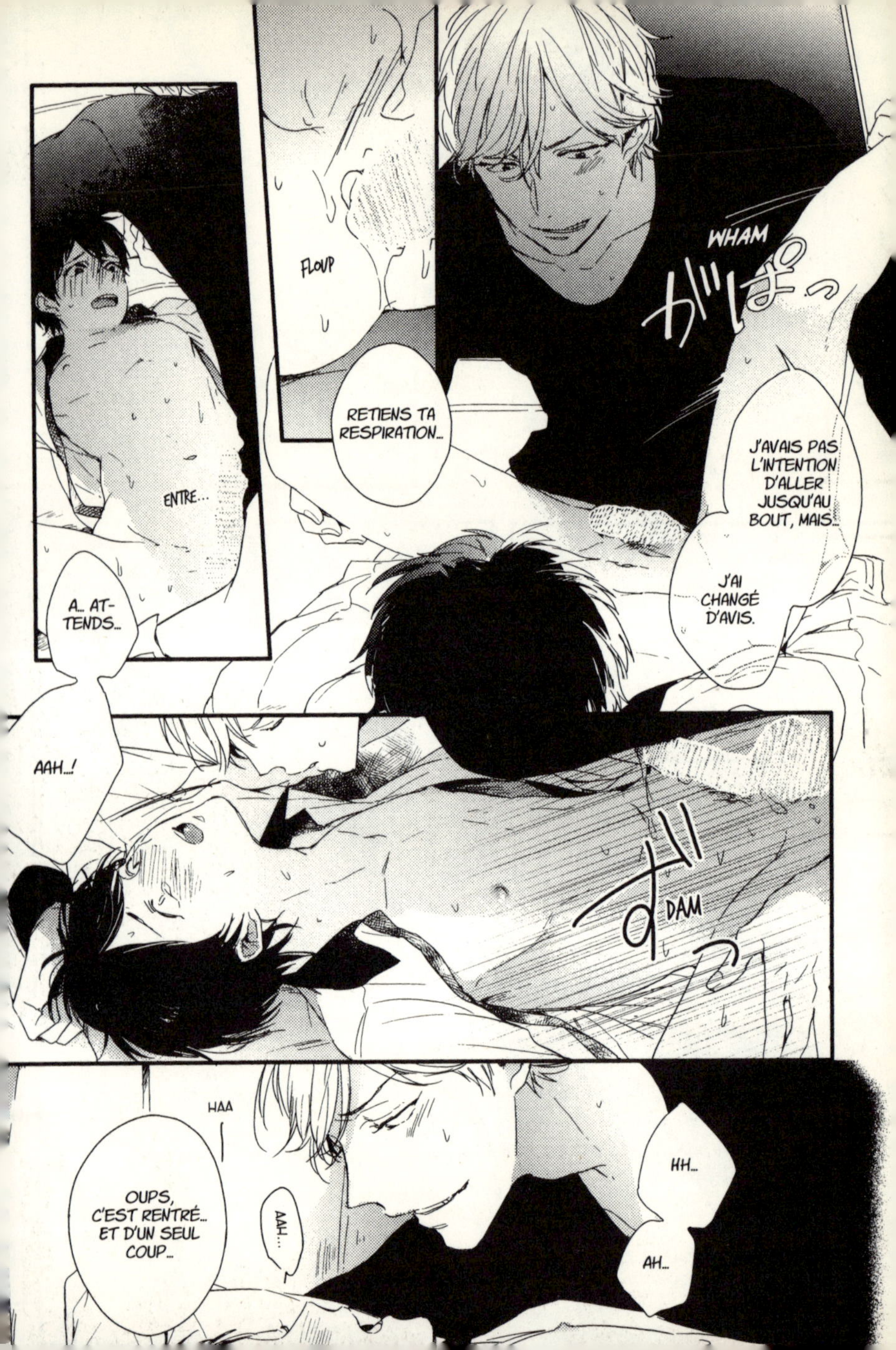

WHAM
がぱっ
J'AVAIS PAS L'INTENTION D'ALLER JUSQU'AU BOUT, MAIS...
J'AI CHANGÉ D'AVIS.
FLOUP
RETIENS TA RESPIRATION...
ENTRE...
A... AT-TENDS...
AAH...!
ずっ
DAM
HH...
AH...
HAA
AAH...
OUPS, C'EST RENTRÉ... ET D'UN SEUL COUP...

AH...
TREMBLE
ゆさっ
HHH...
AH...
HAA
HAA
AH...
EH BEN...
TREMBLE...
ゆさっ
ON DIRAIT QUE T'AIMES BIEN.
PAS MAUVAISE, MA TECHNIQUE, HEIN ?
AÏE !
BONG !
GRIP
.....
.....
ぬぷっ
FLOUP
ぬぷっ
FLOUP
N'EMPÊCHE, TU TROUVES ÇA BON, PAS VRAI ?
QUOI...?

EN MÊME TEMPS, TU M'EMPÊCHES DE RÉSISTER...
AAH !
TAIS-TOI ET ACCROCHE-TOI À MOI.
AH !
AAH !
DAM
DAM
TU VAS...
VRAIMENT AU FOND...
Chuchote
JE RISQUE DE PAS TENIR LONGTEMPS...
JE PEUX VENIR À L'INTÉRIEUR ?
HEIN ??
BOBOM
JE PLAISANTE.
SMACK
HAA
HAA
AH...
HAA
TU PLAISANTAIS...?
HAA

MAIS SI C'EST TOI, SUDÔ...
ÇA NE ME DÉRANGE PAS...
COMME TU VOUDRAS...

MH...
OPEN...
T'ES RÉVEILLÉ ?
FLOUP
JE ME SUIS ENDORMI... QUELLE HEURE IL EST ?
FLOUP
PAS ENCORE MINUIT.
J'AI FAIM, JE VAIS COMMANDER À MANGER.
HEIN ?
DU... ROOM SERVICE...
QU'EST-CE QUE TU VEUX MANGER ?
Moi, tout me va...
AVANT DE MANGER,
E VOUDRAIS PASSER UN COUP DE FIL...

TU COMPTES APPELER TON FRÈRE, PAS VRAI ?
OUI.
IL FAUT BIEN QUE JE LE PRÉVIENNE QUE JE NE RENTRERAI PAS AUJOURD'HUI...
GRMPF
UTILISE LE MIEN.
MAIS...
WHAM
LAISSE TOMBER ! T'ES PLUS UN GOSSE !
M...
MAIS...
HUM...
C'EST VRAI...
GRRR...
Mais j'avoue... J'aime bien quand tu dis « je ne rentrerai pas aujourd'hui ».
SHÔTA ??
C'est le téléphone de qui ?
ZZZ...
POURQUOI T'ES PAS ENCORE RENTRÉ ??
UN PEU PLUS ET J'ALLAIS LANCER UN AVIS DE RECHERCHE !
JE NE SUIS PLUS UN ENFANT... TOUT VA BIEN.
ME DIS PAS QUE C'EST ENCORE À CAUSE DE CE TYPE...!

ET PUIS...
SUDÔ... EST QUELQU'UN DE SPÉCIAL POUR MOI.
!!
DOOONG !
!!!
OUI...
J'AI COMPRIS.
OUI.
BONNE NUIT.
SHÔTA EST DEVENU ADULTE...
DÉPRIMÉ
CLAC
NII-CHAN RENTRE CE SOIR ?
DÉPRIMÉ...
NON... DEMAIN...
Sérieux ?? Bien joué !

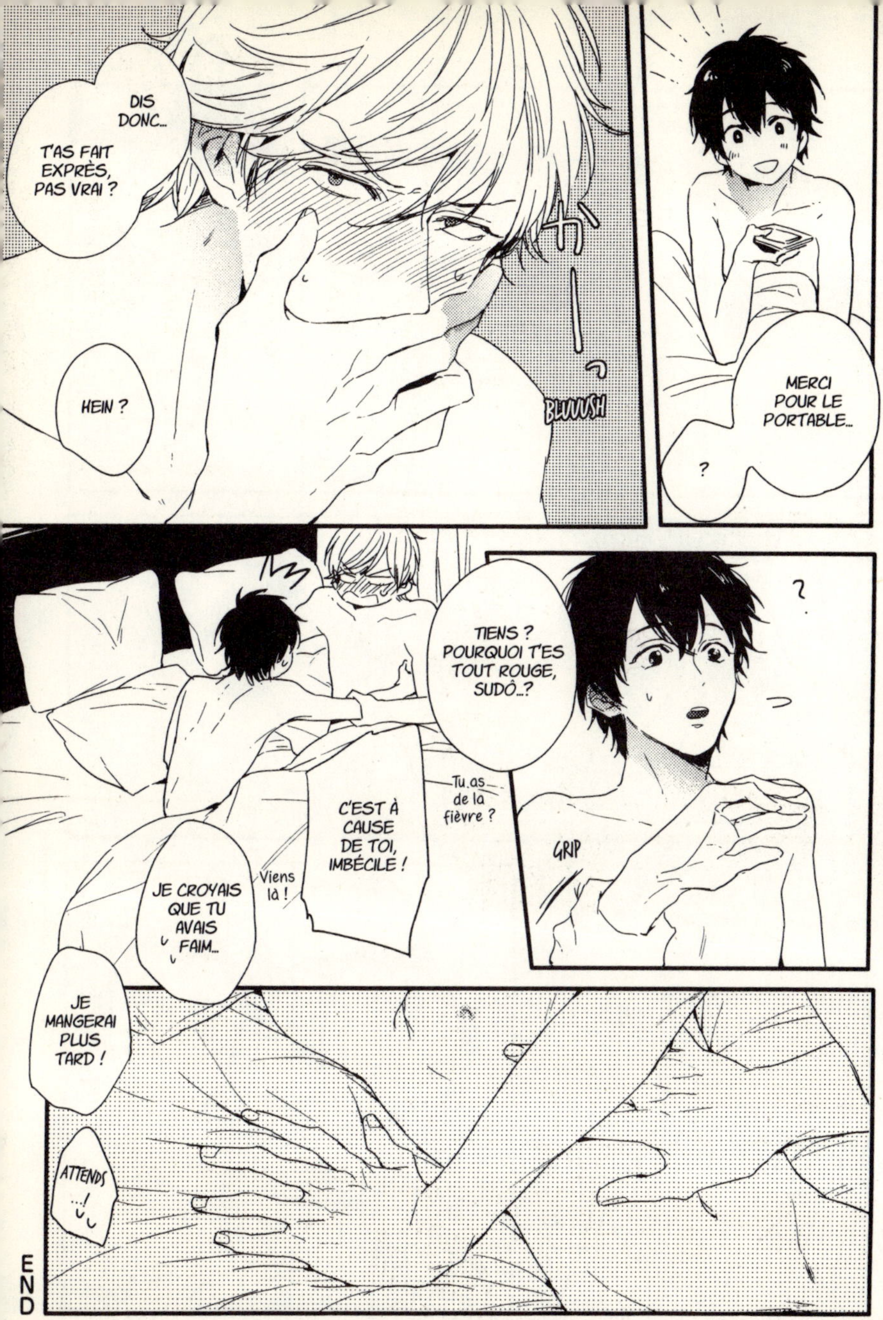
MERCI POUR LE PORTABLE...
?
DIS DONC... T'AS FAIT EXPRÈS, PAS VRAI ?
BLUUUSH
HEIN ?
TIENS ? POURQUOI T'ES TOUT ROUGE, SUDÔ...?
?
GRIP
Tu as de la fièvre ?
C'EST À CAUSE DE TOI, IMBÉCILE !
Viens là !
JE CROYAIS QUE TU AVAIS FAIM...
JE MANGERAI PLUS TARD !
ATTENDS ...!
END

HMM
HÉ, T'ENDORS PAS...
C'EST TOI QUI VOULAIS PRENDRE UN BAIN, JE TE RAPPELLE...
OUI...
TOI ALORS, JE TE JURE...
PLIC...
ZZZ...
POUF
PSCHHHH
OUAH !!
FRUTSCH
ARRÊTE DE GIGOTER, TU VAS EN AVOIR DANS LES YEUX.
FATIGUÉ...
AH...
C'EST DINGUE...
ZZZZ
C'EST SUPER AGRÉABLE...
♡
MAIS QU'EST-CE QUE JE FAIS, MOI..?
FRUTSCH...

*Environ 16 euros
**Riz recouvert d'omelette

Tomo kurahashi sick

Resume 6

験室
RECHERCHES
Depuis, deux mois se sont écoulés...
DISTRAIT
GLOMP
TU COMPTES TRAVAILLER JUSQU'À QUELLE HEURE ?
ALLEZ, ON RENTRE.
SCROUTCH
GYAH !
Encore maintenant, j'ai du mal à m'habituer au côté tactile de Sudô.
QUOI ?
T'AS TERMINÉ, NON ?
AH...
I... IL FAUT QUE JE RENTRE CHEZ MOI, AUJOURD'HUI...
HEIN ?

ET NOTRE PETITE BALADE EN NATURE DE LA DERNIÈRE FOIS, QUAND TU DEVAIS FAIRE DES RECHERCHES SUR LE TERRAIN ?
TU DEVAIS TE FAIRE PARDONNER... T'AS PAS OUBLIÉ, SI ?
Tu m'as forcé à venir avec toi... en plein hiver !!
On se les gèle !!
NON...
MAIS CES DERNIERS TEMPS, TOUS LES WEEK-ENDS, ON...
ENFIN, TU SAIS...
NERVEUX...
JE...
VRRR
VRRR
QUOI ?
ME DIS PAS QUE T'AS DES HÉMORROÏDES ?
QUOI ?? NON !!
Maison
Appel entrant
C'EST TA FAMILLE.
OUI... JE ME DEMANDE POURQUOI ILS M'APPELLENT.

ALLÔ ? QU'EST-CE QUI SE PASSE ?
Onii-chaaaaan !!
OUAH !
HARU ? QU'EST-CE QUI T'ARRIVE ?
OUIN
ONII-CHAN, TU RENTRES À LA MAISON AUJOURD'HUI, HEIN ?
OUIN
HÉ HO, HARU, ARRÊTE D'UTILISER LE TÉLÉPHONE POUR RIEN.
AH !
FLOUP
DÉSOLÉ, SHÔ-NII ! HARU PLEURNICHE DEPUIS TOUT À L'HEURE.
TOUT ÇA PARCE QUE JE LUI AI DIT QUE TU NE RENTRERAIS PROBABLEMENT PAS À LA MAISON AUJOURD'HUI !
BRR
Tu passes la nuit ailleurs, pas vrai ?
EUH...

OUIIIIIN !!
A... AU-JOURD'HUI, JE...
OUIIIN !!
OUIIIIIN !!
.....
DIS À HARU QUE JE RENTRE À LA MAISON AUJOURD'HUI...
C'ÉTAIT TA PETITE SŒUR ? QU'EST-CE QU'ELLE PLEURAIT !
C'EST PARCE QUE JE N'AI PLUS TROP LE TEMPS DE M'OCCUPER D'ELLE, CES DERNIERS TEMPS...
C'est à 90% ma faute, j'imagine...
AH...
JE SUIS DÉ-SOLÉ...
AH ! JE SAIS !
HEIN ?
SUDÔ, POURQUOI TU NE VIENDRAIS PAS CHEZ MOI ?
ÇA TE DIT ?

CLAC...
C'EST LA DEUXIÈME FOIS QUE JE VIENS ICI...
JE SUIS RENTRÉ !
SALUT, SHÔ-NII !
AH !
NII-CHAN, TU AVAIS DIT QUE TU RAMÈNERAIS QUELQU'UN AVEC TOI,
ALORS ON PENSAIT QUE TU RAMÈNERAIS TA PETITE COPINE !
C'EST TOI QUI ES DE CORVÉE DE NETTOYAGE DE SALLE DE BAIN CETTE SEMAINE !
Enfin bref...
JE VOIS !
ALORS C'ÉTAIT BIEN LE BEAU GOSSE DE LA DERNIÈRE FOIS !
J'AI GAGNÉ !
HEIN ?
ARRÊTEZ DE FAIRE DES PARIS SUR MOI...

RATÉ !
C'ÉTAIT PAS TA PETITE COPINE, MAIS TON PETIT COPAIN.
QUOI ?
COMMENT ÇA, «QUOI» ?
AH, PARDON… JE SUIS PAS ENCORE VRAIMENT HABITUÉ…
DE TOUTE FAÇON, ÇA N'A PAS D'IMPORTANCE, LA FAÇON DONT ON S'APPELLE ENTRE NOUS, PAS VRAI ?
……
AH !
POURQUOI T'ES DANS LA LUNE ?
TU ENTRES ?
À PART ÇA, C'EST TOI QUI FAIS LA CUISINE ?
HEIN ?

J'AI L'IMPRESSION DE ME FAIRE FUSILLER DU REGARD, LÀ...
RENDS-MOI MON GRAND FRÈRE...
ELLE ME DÉTESTE DÉJÀ...
C'EST PERSPICACE, UN GOSSE.
TIENS, TENDS TES MAINS.
!
DÉSOLÉ DE T'AVOIR PRIS TON GRAND FRÈRE.
POUF
Fastoche !
GRIP
HM ?
HARU LUI TIENT LA MAIN...
Mais qu'est-ce qu'elles se ressemblent, n'empêche !
TAP
TAP
Tombe pas !
......

*Les jeux d'argent sont illégaux au Japon. (S'il n'y a pas d'argent en jeu, par contre, ça ne pose pas de problème.)

SHÔ-NII, LE REPAS EST PRÊT ?
AH, EUH...
C'EST BIENTÔT PRÊT, OUI. VOUS VENEZ M'AIDER ?
Qu'est-ce que tu fais ?
NII-CHAN ! C'EST LEQUEL, LE BOL DES INVITÉS ?
LE VERT !
OH, ÇA SENT BON, ICI.
OK.
Un tablier
DÉSOLÉ... ILS SONT BRUYANTS, PAS VRAI ?
NON...
CHEZ MOI, JE N'AI QU'UNE GRANDE SŒUR, ET ON A UNE ASSEZ GRANDE DIFFÉRENCE D'ÂGE.
Ne mange pas avec les mains !
ET MES PARENTS ET MOI, ON NE PARLE PAS TROP...
ALORS ÇA CHANGE, C'EST AGRÉABLE.

JE SUIS MÊME UN PEU JALOUX.
......
TU PEUX VENIR QUAND TU VEUX...
MERCI...

FIIIIXE...
AH !!
JE SUIS RENTRÉ...
BONSOIR.
AH !!
JE NE SAVAIS PAS QUE TU ÉTAIS LÀ, SUDÔ-KUN...
ON M'A INVITÉ À DÎNER.
NYARK.

GRRR...
GRRR...
QUOI ?? TU L'AS LAISSÉ AVEC TES FRÈRES ET SŒURS ?
OUI... ILS S'ENTENDENT BIEN, ON DIRAIT.
ILS SONT SORTIS TOUS ENSEMBLE AUJOURD'HUI.
ALORS C'EST POUR ÇA QU'IL N'EST PAS VENU À L'UNIVERSITÉ !
C'EST DINGUE COMME LES GENS CHANGENT.
MAIS BON,
TOI AUSSI, TU AS CHANGÉ, KISHI-KUN.

TU ES PLUS OUVERT MAINTENANT.
AVANT, TU NE VOULAIS MÊME PAS ME REGARDER DANS LES YEUX.
ÇA FAIT PLAISIR.
V... VOUS TROUVEZ ?
AH, JE L'AI MIS MAL À L'AISE...
C'est mignon.
GÊNÉ...
N'EMPÊCHE, IL EST PLUS ÂGÉ QUE MOI, ALORS POURQUOI IL ME VOUVOIE ? TROP BIZARRE...
Enfin, tant pis...
AH,
SUDÔ M'APPELLE.
OH OH...
Eh ben...

ガラッ
CLAC
ON EST RENTRÉS !
SALUT.
IL NOUS A FAIT MONTER DANS SA VOITURE !
C'ÉTAIT TROP COOL !
C'EST VRAI ? TANT MIEUX !
ILS M'ONT DIT QU'ILS DEVAIENT FAIRE DES COURSES, ALORS...
J'EN AI PROFITÉ POUR LES EMMENER AVEC MOI.
D'habitude, il ne va jamais faire les courses.
C'EST VRAIMENT PAS CHER, LES POUSSES DE SOJA, EN FAIT...

TREMBLE
H... HI HI...
HA HA HA !
HA HA
!
ARRÊTE DE TE MOQUER DE MOI !!
MAIS C'EST PARCE QUE TU ES TROP MIGNON, SUDÔ !
QUOI ??
ÇA FAIT LONGTEMPS QUE JE N'AVAIS PLUS VU NII-CHAN RIRE COMME ÇA...
C'EST PARCE QU'IL NE RIT PAS SOUVENT POUR RIEN.

J'Y CROIS PAS...
Légumes assaisonnés.
Après le repas.
ALORS ON PEUT VRAIMENT PRÉPARER UN PLAT AUSSI DÉLICIEUX AVEC SI PEU D'ARGENT !
TU REVIENS ENCORE LÀ-DESSUS ?
.....
DIS, TU AURAIS UN CENDRIER ?
OUI..
Haru et les autres sont là.
SI TU VEUX FUMER, VA DEHORS.
OK...

AH !
CLAC
TIENS ? TOI AUSSI, TU FUMES, GRAND FRÈRE ?
OUI, MAIS DES LIGHT SEULEMENT.
ET ARRÊTE DE M'APPELER GRAND FRÈRE.
FLOUP
.....
TU ES VENU M'ENGUEULER ? TU NE CROIS PAS QU'IL SERAIT TEMPS QUE TU ARRÊTES DE SURPROTÉGER TON FRÈRE ?
C'est un peu glauque, à ce stade.
TU PEUX RÊVER !
MAIS JE VOULAIS QUAND MÊME TE REMERCIER.

POUR ÊTRE HONNÊTE, SHÔTA A L'AIR BEAUCOUP PLUS DÉTENDU CES DERNIERS TEMPS,
ET JE PENSE QUE C'EST GRÂCE À TOI.
ET IL EST TELLEMENT MIÈVRE QUE ÇA ME FICHE LA CHAIR DE POULE,
MAIS BON.
ATTENTION, ÇA NE VEUT PAS DIRE QUE JE T'APPRÉCIE, HEIN !
SMILE
SI TU FAIS PLEURER SHÔTA, JE TE FERAI CREVER DANS D'ATROCES SOUF-FRANCES !
MAINTENANT QUE J'Y PENSE, C'EST VRAI QUE KISHI M'A DIT QUE SON FRÈRE ÉTAIT UN DÉLINQUANT, DANS LE TEMPS...
Il faisait partie d'un gang.
Effectivement...
IL S'INQUIÈTE TROP.
ENFIN, C'EST VRAI QUE JE LE FAIS TOU-JOURS PLEU-RER QUAND MÊME...

FROTTE...
J'étais surpris.
TA BAIGNOIRE EST SI PETITE QUE JE NE POUVAIS MÊME PAS ÉTENDRE LES JAMBES.
DÉSOLÉ...
OÙ EST LA PETITE ?
Et toi, Onii-chan ?
Je suis fatiguée ! Je veux dormir !
Allez, va dormir...
ELLE DORT DÉJÀ, MAIS ELLE PLEURNICHAIT PARCE QU'ELLE VOULAIT DORMIR AVEC TOI, SUDÔ.
SÉRIEUX ?
TA FAMILLE M'ADORE, ON DIRAIT !
HOUP LÀ !
C'EST PARCE QUE TU ES GENTIL AVEC EUX.
CHUCHOTE...

TU DIS ÇA D'UN DRÔLE D'AIR.
.....
ATTENDS, T'ES JALOUX ?
AH...
J... JE CROIS QUE JE VAIS RETOURNER DANS MA CHAMBRE...
GRIP
ATTENDS UN PEU.
AH !!
BADAM !
NYARK !

SI TU VEUX, JE VAIS ÊTRE GENTIL AVEC TOI AUSSI.
SMACK...
MH...
HAA...
AH...
GRIP
N...
NON, ARRÊTE !
POURQUOI ?
TU AS L'AIR D'EN AVOIR ENVIE, POURTANT.
VLOUP
PAS DU TOUT !
VLOUP

COMME TU VEUX...
MAIS ALORS, QU'EST-CE QUE TU COMPTES FAIRE...
DE ÇA ?
AH !!
TREMBLE
OUP !!
ズルッ
ぬぽっ
FLUIP
TU VAS ALLER T'OCCUPER DE ÇA AUX TOILETTES ?
ぬぽっ
FLUIP
AH...
ビクッ
BOBOM
NH...
SHUP
SHUP
NH...
AH...

WHAM
ぱふっ
POF
NE CRIE PAS TROP FORT, ILS VONT NOUS ENTENDRE.
.....
SLURP
れろ
NH...
MMH...
SLURP...
MH...
SLURP...
BOBO
MMH !!
BOBOM
SPLURT !

AAAH
P... PARDON !
C'ÉTAIT RAPIDE, DIS DONC...
ÇA T'EXCITE ?
SLURP
SHUP
SHUP
SHUP
SHUP
SHUP
MMH !
FLOUP
N... NH...
BOBOM
HH...
ÇA A L'AIR DE TE FAIRE DE L'EFFET, TOUT ÇA.

EN FAIT, DEPUIS LE DÉBUT...
HAA...
VLOUP
HA
BOBOM
TU ADORES ÇA, PAS VRAI ?
AH...
BOBOM
AH
ÇA TE FAIT DU BIEN, QUAND JE TE TOUCHE, HEIN ?
BOBOM
J... JE SAIS P...
HH
JE SAIS PAS...
HAA...
MAIS...
HAA...
Le cœur qui bat la chamade,
ou le fait d'être jaloux...
TOUT ÇA...
C'EST PARCE QUE...
HAA...
JE T'AIME, SUDÔ...

AH !
FLUIIIP
OUAH !
TU VAS VOIR, JE VAIS TE DONNER BEAUCOUP DE PLAISIR...
WHAM
ALORS EN ÉCHANGE, RESTE AVEC MOI POUR TOUJOURS.
SHÔ-NII, TU N'ES PAS REVENU ME REJOINDRE HIER SOIR...
TU AS DORMI DANS LA CHAMBRE D'AMIS ?
AH !
CLAC !
Le lendemain.
!!!!
END

Bonjour...
GRRR...
GRRR...
GRRR...

Tomo kurahashi sick

JE SUIS ALLÉ CHEZ SUDÔ-KUN
OUAH...
C... C'EST ÉNORME...
Maison de campagne
TADAM...
でーん
MES PARENTS NE SONT PAS LÀ CETTE SEMAINE, ILS SONT TOUS LES DEUX PARTIS À L'ÉTRANGER.
ARRÊTE DE FLIPPER COMME ÇA...
Ouah
THAC
ガチャッ
ET NOTRE DOMESTIQUE N'EST PAS LÀ NON PLUS AUJOURD'HUI.
BOBOM
BOBOM
SUDÔ EST VRAIMENT HYPER RICHE...
!
POUF
?
ARGH...!

[Nee-chan = grande sœur.]

NERVEUX...
JE M'APPELLE KISHI, JE SUIS UN CAMARADE D'UNIVERSITÉ...
COURBETTE
!
GRR...
OOOH !
OH, UN AMI DE FAC...
JE SUIS LA GRANDE SŒUR DE KEITO, JE M'APPELLE MIKA.
ALLEZ, ÇA SUFFIT MAINTENANT, DÉPÊCHE-TOI DE RENTRER CHEZ TOI!
NON !
J'AI ENVIE DE MIEUX CONNAÎTRE TON AMI !
TU RÊVES !
L'approche pas ! Le regarde pas !
......
NYARK !
MONTE, JE TE REJOINS...
HEIN ? MAIS...
OOOH, JE VOIS !
J'AVAIS ENTENDU DIRE QUE TU NE RAMENAIS PLUS DE FILLES À LA MAISON, CES DERNIERS TEMPS...
JE COMPRENDS POURQUOI, MAINTENANT !

QUOI ?
APRÈS TOUT, C'EST TOUJOURS PAREIL DEPUIS QUE TU ES TOUT PETIT,
TU ESSAIES TOUJOURS DE ME CACHER LES CHOSES QUE TU AIMES !
HUUUM...
むぎゅっ
FUIIIP
EFFECTIVEMENT,
IL A UN TRÈS JOLI VISAGE.
!
TIRE
LE TOUCHE PAS, MOCHETÉ !

!?
JE NE SUIS PAS UNE MOCHETÉ !!
BEUUUH
DÉPÊCHE-TOI DE TE BARRER ! Mocheté !
GRRRR !
COURBETTE
FAIS PAS ATTENTION À ELLE.
POUSSE POUSSE
O... Ok...
QUEL PETIT INSOLENT ! Une mocheté, moi ?!
MAIS...
Hum...
C'EST LA PREMIÈRE FOIS QUE JE LE VOIS SE MONTRER AUSSI POSSESSIF ENVERS QUELQU'UN...
Moi aussi, je ferais mieux de me réconcilier avec mon mari...

DIS, SUDÔ...
Tu es distrait depuis tout à l'heure...
TU NE METS PAS LE FILM ?
HUM...
J'ARRIVE PAS À CROIRE QUE MA SŒUR NOUS AIT DÉCOUVERTS...
J'IMAGINE QUE C'EST PARCE QU'ON SE RES-SEMBLE, ELLE ET MOI... ON A LES MÊMES GOÛTS.
Je suis sûr qu'elle va tenter un truc pour me le piquer...
!
GRIP
ON FERA ÇA PLUS TARD !
Qu'est-ce aui t'arrive ?
EN FAIT...
JE PRÉFÈRE QU'ON COMMENCE PAR ÇA...
C'EST VRAI QUE JE SUIS QUELQU'UN DE POSSESSIF, MOI...
FIN

Merci à mes lecteurs, à mon responsable Kumada-san, à mon designer Nawata-san, et à tous les amis qui m'ont aidée sur le manuscrit !

Egalement disponible
dans la collection Hana...

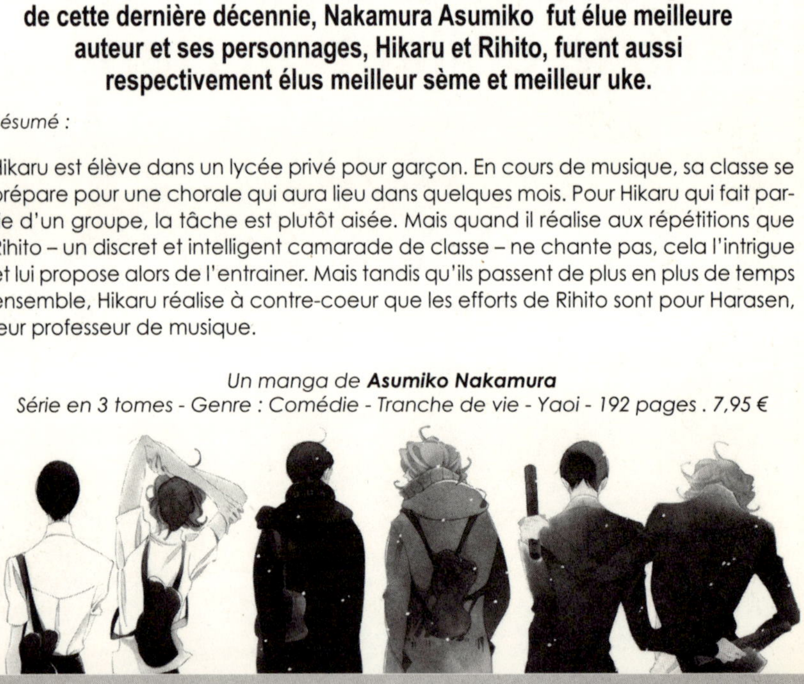

doukyusei
First Season
Un garçon a rencontré un garçon.
Ils vivaient pleinement leur jeunesse.
Leur amour semblait tel un songe,
tel un soda qui pétille.
By ASUMIKO NAKAMURA
Hana COLLECTION

CANIS

Dear Mr Rain

ZAKK

Succombez au charme graphique particulier et enivrant de Zakk, et plongez dans l'histoire atypique et saisissante de Canis, où l'auteur a su brillamment mêler l'univers de la mode et celui de la mafia New Yorkaise.

Résumé :

Chapelier à la renommée internationale malgré son jeune âge, Satoru Kutsuna se contente de travailler dans son humble boutique, loin des projecteurs des défilés. Trop exigeant envers ses salariés, il se retrouve à devoir trouver pour le lendemain un nouvel employé en vue d'un gros évènement. En rentrant chez lui désespéré de n'avoir trouvé personne, il tombe sur Ryou Kashiba, un jeune homme gisant inconscient sous la pluie et le froid, qu'il décide de ramener chez lui. Ce dernier, pour le remercier de son hospitalité, accepte alors de l'aider pendant les 2 prochains jours, après quoi il ira remplir son objectif : mourir.

Un manga de ***Zakk***
Série en 3 tomes - Genre : Drame - Tranche de vie - Yaoi
192 pages . 7,95 €

CANIS
Dear Mr. Rain
ZAKK

RINGO YUKI

Tamayura

Au début du siècle dernier, dans une époque où le monde est en perpétuelle évolution, les sentiments se heurtent aux conventions sociales et aux éléments déchaînés. Vous n'avez plus une seconde à perdre, découvrez Tamayura de Ringo Yuki, élu 2éme manga dans la catégorie « Manga triste » aux Chil-Chil BL Awards 2015 !!

Résumé :

Le matin de son entrée au lycée, Asakura se réveille difficilement d'un cauchemar dans lequel il revit la fin tragique d'une belle amitié. Alors sa surprise est immense lorsqu'il découvre que son nouveau camarade d'internat n'est autre que Tachibana, précisément l'ami qu'il s'était juré de ne plus revoir ! Mais avec leurs retrouvailles ressurgissent par bribes d'autres sentiments que chacun se refusaient à avouer... Amitié, réminiscences du passé, amour, tragédies... Les secondes s'égrènent dans un temps suspendu au rythme du tintement éphémère des billes de verre de notre enfance.

Un manga de ***Ringo Yuki***
One shot - Genre : Drame - Tranche de vie - Yaoi
192 pages . 7,95 €

RINGO YUKI
Tamayura
Hana
COLLECTION
ÉDITION
FRANÇAISE

SHOOWA
PAPA'S ASSASSIN
Hana COLLECTION

Hana Yaoi

Mes Habitudes avec mon petit-ami

Toshishita kareshi no renai kanri heki

HASHIGO SAKURABI

Plongez dans l'univers des personnages tout en nuances et très attachants d'une auteure qui redéfinit les lignes du genre et nous livre sa vision bien à elle des rôles d'uke et de seme ! Hashigo Sakurabi a su s'imposer grâce à ce premier opus et connaît maintenant un réel triomphe au Japon. Découvrez-la sans attendre !

Résumé :

Étudiant en architecture, Izumi Hirasaka est très consciencieux, mais sa dévotion ne se limite pas à son domaine de recherches. Il doit veiller à bien nourrir son «petit toutou» qui n'est autre qu'un chercheur stagiaire répondant au nom de Satoshi Onozuka. Très travailleur mais toujours dans la lune, ce dernier dépérirait sans les soins de son «maître adoré» ! Mais de quelle manière Satoshi s'occupera-t-il en retour du jeune et fougueux Izumi ?
Ils découvriront ensemble que les apparences ne sont pas toujours ce qu'elles semblent être.

Un manga de ***Hashigo Sakurabi***
Série complète en 2 volumes - Genre : Comédie - Yaoi
192 pages . 7,95 €

Hashigo Sakurabi
Mes Habitudes avec mon petit-ami
Toshishita kareshi no renai kanri heki
ÉDITION FRANÇAISE
Hana COLLECTION

Blue Morning
YUUUTSU NA ASA

SHOKO HIDAKA

Une belle demeure, des domestiques, les lourdes responsabilités qui incombent à un jeune héritier du domaine familial et son froid et cruel précepteur... L'ambiance de Yuutsuna asa vous transportera dans un autre temps ! Devenez les témoins de l'histoire intemporelle du «Je t'aime moi non plus» !

Résumé :

Depuis la mort de son père, Akihito Kuze a dû endosser le rôle de Vicomte et reprendre les rênes de la famille. Et celui qui prend en main l'éducation de ce dernier n'est autre que le beau et intelligent intendant familial, Satoshi Katsuragi. Mais Katsuragi, qui est pourtant remarqué pour ses qualités en société agit de manière très froide avec Akihito. «Est-ce qu'il me déteste ?!» Akihito qui est attiré par Katsuragi veut connaître la raison de ce rejet ! Plongez dans cette épopée romanesque racontant l'amour d'un jeune vicomte et de son intendant !!

Un manga de ***Shoko Hidaka***
Genre : Historique - Yaoi - Drame
200 pages . 7,95 €
vol.1,2,3,4 disponibles - Série en 7 volumes

SHOKO HIDAKA
Blue Morning
YUUUTSU NA ASA
4

SICK

Hana COLLECTION

www.boys-loves.fr

Adaptation graphique : 3rd Studio
Traduit du japonais par : Laurie Asin
Responsable Editorial & Production : Anthony Graci

Dépot légal : Avril 2016
ISBN 978-2-36877-471-7

Imprimé par GZ Digital Media as